Yukon

Adrianna Morganelli

**Texte français de
Martine Faubert**

Crédits pour les illustrations et les photos :
Page couverture : Paul Nicklen/National Geographic Stock; p. III : Michael Melford/National Geographic Stock; p. IV : iStockPhoto.com (en haut, à gauche), Harry Taylor/Dorling Kindersley (centre), David Walkins/Shutterstock (en haut, à droite); p. 3 : Mike Grandmaison/First Light (en haut), iStockPhoto.com (en bas); p. 4 : Mira/Alamy; p. 5 : iStockPhoto.com (en bas, à gauche et à droite); p. 6 : John Sylvester/AllCanadaPhotos.com; p. 7 et 4ᵉ de couverture : Randolph Images/Alamy; p. 8 : Eric Gevaert/Shutterstock; p. 9 : Outdoorsman/Dreamstime.com; p. 10 : Michael DeYoung/Corbis; p. 11 : Richard Hartmier/First Light; p. 12 : Dbvirago/Dreamstime.com; p. 13 : Musée McCord (en haut et en bas), iStockphoto.com (centre); p. 14 : Musée McCord (en haut), Bettmann/Corbis (en bas); p. 15 : Private Collection/The Bridgeman Art Library (en haut), Bibliothèque et Archives Canada (médaillon); p. 16 : Photoresearchers/First Light; p. 17 : Glenbow Archives (en haut), The Granger Collection (en bas); p. 18 : The Bridgeman Art Library; p. 19 : Glenbow Archives; p. 20 : William Kaye Lamb/Bibliothèque et Archives Canada; p. 21 : Yukon Archives/R.A. Cartter fonds/YA n°1479; p. 22 : Glenbow Archives; p. 23 : Robert Postma/First Light; p. 24 : Look and Learn/The Bridgeman Art Library; p. 25 : The Granger Collection; p. 26 : Peter Newark American Pictures/The Bridgeman Art Library; p. 27 : Glenbow Archives (en haut), Pep Roig/Alamy (en bas); p. 28 : Glenbow Archives; p. 29 : Gunter Marx/Alamy (en haut), Bibliothèque et Archives Canada (en bas); p. 30 : Tom McNemar/Shutterstock (en haut), Pat Morrow/First Light (en bas); p. 31 : James Marshall/Corbis (en haut), Pat Morrow/First Light (en bas); p. 32 : Pat Morrow/First Light; p. 33 : Vera Bogaerts/Shutterstock (en haut), Krasowit/Shutterstock (en bas); p. 34 : Adam Barnard/Shutterstock (à gauche), Peter Barrett/Shutterstock (à droite); p. 35 : Paul Nicklen/National Geographic Stock; p. 36 : AirScapes/Wayne Towriss; p. 37 : Pictures Canada/First Light (en haut), Paul Nicklen/National Geographic Stock (en bas); p. 38 : imagebroker/Alamy; p. 39 : Illustration tirée de *The Cremation of Sam McGee*, écrit par Robert Service, peinture de Ted Harrison utilisée avec la permission de Kids Can Press Ltd., Toronto. Copyright © Ted Harrison, 1986, pour l'illustration; p. 40 : Pat Morrow/First Light; p. 41 : iStockPhoto.com (au centre, à gauche), Cameramanz/Shutterstock (en haut), Iwka/Shutterstock (au centre, à droite), Robert Postma/First Light (en bas); p. 42 : Kerry L. Werry/Shutterstock; p. 43 : Glenbow Archives (en haut), Mike Slaughter/Torstar Photos (centre).

Produit par Plan B Book Packagers
Conception graphique : Rosie Gowsell-Pattison
Nous remercions particulièrement Terrance Cox, consultant, rédacteur et professeur auxiliaire à l'Université Brock; Nancy Hodgson; Tanya Rutledge; et Jim Chernishenko.

Catalogage avant publication de Bibliothèque et Archives Canada
Morganelli, Adrianna, 1979-
Yukon / Adrianna Morganelli ; texte français de
Martine Faubert.

(Le Canada vu de près)
Comprend un index.
Traduction de l'ouvrage anglais du même titre.
ISBN 978-0-545-98923-7

1. Yukon--Ouvrages pour la jeunesse.
I. Faubert, Martine II. Titre.
III. Collection: Canada vu de près
FC4011.2.M6714 2009   j971.91   C2009-901796-2

Édition publiée par les Éditions Scholastic, 604, rue King Ouest, Toronto (Ontario) M5V 1E1.

6 5 4 3 2 1   Imprimé au Canada   09 10 11 12 13 14

Table des matières

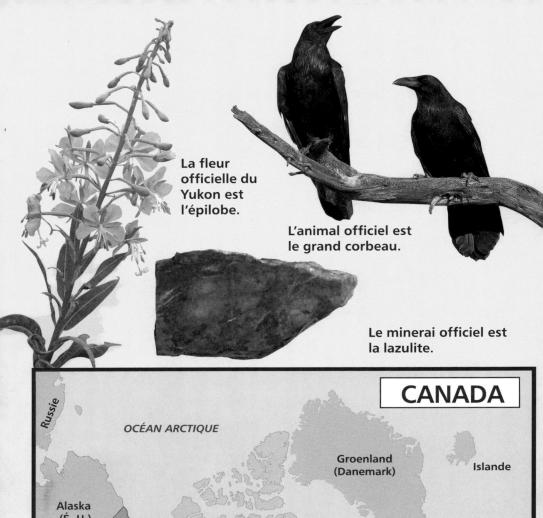

La fleur officielle du Yukon est l'épilobe.

L'animal officiel est le grand corbeau.

Le minerai officiel est la lazulite.

CANADA

Russie

OCÉAN ARCTIQUE

Groenland (Danemark)

Islande

Alaska (É.-U.)

OCÉAN ATLANTIQUE

Yukon

Territoires du Nord-Ouest

Nunavut

Terre-Neuve-et-Labrador

OCÉAN PACIFIQUE

Colombie-Britannique

Alberta

Saskatchewan

Manitoba

Baie d'Hudson

Baie James

Île-du-Prince-Édouard

Nouvelle-Écosse

Ontario

Québec

Nouveau-Brunswick

Lac Huron

États-Unis

Lac Supérieur

Lac Ontario

Lac Michigan

Lac Érié

Bienvenue au Yukon!

Le Yukon est d'une beauté à couper le souffle, avec ses vastes fleuves et rivières, ses larges vallées, ses majestueuses montagnes et son immense toundra arctique. Depuis plus d'un siècle, le Yukon attire des aventuriers ainsi que d'autres visiteurs qui rêvent de s'enrichir. En 1896, lorsqu'on a découvert de l'or dans la rivière Klondike, une foule de prospecteurs s'y est rendue, espérant faire fortune dans cette rude contrée nordique. C'était le début de l'industrie minière du Yukon, qui allait conduire à la fondation de petites collectivités dans des régions isolées.

Aujourd'hui, le Yukon est fier de sa culture nordique et de son caractère unique. Des archéologues y ont découvert les traces les plus anciennes de la présence humaine en Amérique du Nord. Les vestiges de la ruée vers l'or sont exposés dans des musées ou sont des points d'intérêt partout sur le territoire. La culture des différents peuples autochtones continue d'être transmise oralement dans leur propre langue par des récits et des festivals traditionnels.

Partons à la découverte du Yukon, un territoire plus grand que nature!

Chapitre 1
Pics et plateaux

Le Yukon, le plus petit des trois territoires du Canada, a une forme triangulaire et est situé au nord-ouest du pays. Il est bordé au sud par la Colombie-Britannique, à l'est par les Territoires du Nord-Ouest, à l'ouest par l'État américain de l'Alaska, et au nord par la mer de Beaufort qui fait partie de l'océan Arctique.

Les hautes montagnes

Le Yukon comprend plusieurs montagnes. Les monts Saint-Élias, au sud-ouest, sont les plus élevés. On y trouve le plus haut sommet du Canada; c'est le mont Logan, qui culmine à 5 959 mètres et continue même de grandir! Cela est dû à un soulèvement tectonique, un phénomène causé par la collision de deux immenses morceaux de la croûte terrestre, appelés plaques.

Les monts Saint-Élias empêchent l'air humide du Pacifique de se rendre jusqu'à l'intérieur du Yukon, qui bénéficie ainsi d'un climat sec.

La flore et la faune

Le Yukon est recouvert à environ 60 % par la forêt boréale ou taïga, où des conifères, dont l'épinette et le pin, croissent en abondance. Les feuillus, comme le bouleau et le peuplier, poussent dans la partie la plus au sud. La forêt boréale abrite plusieurs espèces d'animaux, comme le caribou, l'orignal, le wapiti, le cerf, le loup et l'ours.

Au nord de la **limite forestière**, la période de végétation est courte et le sol est gelé en permanence. La végétation se compose d'arbustes, de fleurs, de mousses et de lichens.

Sur les flancs des hautes montagnes escarpées vivent 22 000 mouflons. Les mouflons de Dall sont blancs et ont de grosses cornes recourbées.

Mouflon de Dall

Le parc national de Kluane

Au sud–ouest du Yukon, le parc national et réserve de parc national du Canada Kluane comprend des glaciers, des rivières, des forêts et huit des plus hauts sommets du Canada. On y trouve aussi la plus importante population de grizzlis en Amérique du Nord. Enfin, on y compte plus de 150 espèces d'oiseaux, dont le pygargue à tête blanche.

Le parc est surtout réputé pour ses champs de glace. Un champ de glace se forme lorsque de grandes quantités de neige tombent au sol, puis sont **compactées**, gèlent et finissent par se transformer en glace. Dans les monts Saint-Élias se trouve le plus vaste champ de glace du monde, situé hors des régions polaires. La couche de glace y atteint environ 770 mètres d'épaisseur!

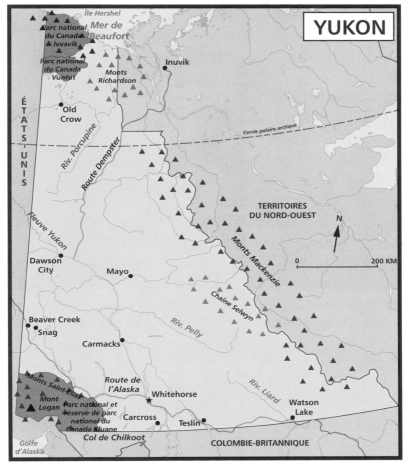

Le quart de tous les grizzlis du Canada vit au Yukon. On les rencontre sur tout le territoire. Ils se nourrissent de poisson, de racines et de petits fruits et, parfois, de grands mammifères comme le caribou, le wapiti et le cerf.

De 150 à 200 bœufs musqués vivent dans le parc national du Canada Ivvavik, dans l'extrême nord du Yukon.

En été, la descente en canot du fleuve Yukon, de Whitehorse à Dawson City, offre un paysage spectaculaire. Le fleuve a donné son nom au territoire.

La zone intérieure du Yukon

La zone intérieure du Yukon est occupée par de vastes plateaux qui sont sillonnés par des rivières aux vallées profondes et ponctués de montagnes d'altitudes moyennes. Le plus important est le plateau du Yukon.

Le fleuve Yukon, le plus long cours d'eau du territoire, traverse la zone intérieure du Yukon, puis l'Alaska, et se jette finalement dans la mer de Béring. Plusieurs rivières plus petites, comme les rivières Teslin, Pelly, White et Stewart, font partie de ce grand réseau fluvial qui, pendant des siècles, a servi d'axe de communication pour les populations autochtones, et les colons européens qui sont arrivés par la suite.

Encore des montagnes

Les montagnes de l'est du Yukon sont moins hautes que celles de l'ouest. Elles comprennent les monts Selwyn et les monts Mackenzie, à la frontière des Territoires du Nord-Ouest. Ces montagnes constituent le partie nord des montagnes Rocheuses.

Les monts Selwyn présentent des sommets arrondis, dûs à l'**érosion glaciaire**. Les monts British et les monts Richardson sont situés dans l'extrême nord du Yukon. On trouve au Yukon les plus hautes chutes et les plus profonds canyons du Canada.

Randonneur dans les monts Selwyn

La plaine côtière

Une étroite bande de terre couverte par la **toundra** s'étend sur 200 kilomètres le long de la mer de Beaufort. On l'appelle la plaine côtière arctique. Près de la moitié de cette région est occupée par des terres humides. On y rencontre de nombreuses espèces animales, dont le harfang des neiges, entre autres oiseaux de proie, ainsi que le loup, le bœuf musqué et le renard roux.

Dans cette région, le pergélisol peut atteindre plus de 300 mètres de profondeur par endroits. Le pergélisol est un sol qui ne dégèle jamais. Il freine donc la croissance des plantes parce que leurs racines ne peuvent pas s'enfoncer assez profondément. En été, la fonte de la surface du sol, appelée couche active, forme des étangs aux eaux stagnantes. Ces étangs offrent les conditions parfaites pour la reproduction d'innombrables mouches et moustiques.

Harfang des neiges

Les ours polaires vivent sur la côte de l'océan Arctique.

Par les belles nuits d'hiver, le ciel du Yukon se pare de longues bandes lumineuses vertes, bleues et roses. Ce sont des aurores boréales.

Le soleil de minuit

Au Yukon, les hivers sont très longs et très froids, avec des températures pouvant descendre à -40 degrés Celsius, et même plus bas! Les étés sont courts, mais les températures pendant cette saison peuvent s'élever à plus de 30 degrés Celsius. Chaque année, au cours de la période où les jours sont les plus courts, soit à partir du 21 décembre environ, Dawson City n'a que quatre heures d'ensoleillement par jour, Whitehorse en a environ six et, plus au nord, la ville d'Old Crow ne voit pas le soleil du tout!

À la mi-juin, le crépuscule dure jusqu'au lever du soleil. À Old Crow, il fait clair 24 heures sur 24. Il fait si clair qu'on peut lire un livre dehors, même à minuit! C'est ce qu'on appelle le soleil de minuit.

Extraordinaire Yukon!

- D'une superficie de 483 450 kilomètres carrés, le Yukon représente 4,8 % du territoire canadien.

- Le fleuve Yukon coule sur 3 185 kilomètres. C'est le deuxième parmi les plus longs fleuves du Canada.

- Après le mont McKinley en Alaska, le mont Logan est le deuxième plus haut sommet de l'Amérique du Nord.

- Beaver Creek est la collectivité la plus à l'ouest de tout le Canada.

- Snag, qui est un village situé à quelques kilomètres de Beaver Creek, détient le record de la température la plus froide jamais enregistrée en Amérique du Nord : –63 degrés Celsius!

Le mont Logan est la plus haute montagne du Canada.

Chapitre 2
Le passé du Yukon

Il y a des milliers d'années, alors que l'Amérique du Nord était presque entièrement recouverte de glace, ce qui est maintenant l'Alaska était relié à la Sibérie par un pont terrestre. Cette région, appelée la Béringie, était trop sèche pour être recouverte de glace. Les archéologues pensent que les premiers humains venus en Amérique du Nord ont emprunté ce passage, à la poursuite des mammouths et des bisons qu'ils chassaient pour se nourrir.

La Béringie comprenait une partie du Yukon. Au nord du Yukon, dans les cavernes de Bluefish, des scientifiques ont retrouvé des outils de pierre avec des ossements d'animaux. Vieilles de 15 000 à 20 000 ans, ce sont les plus anciennes traces de la présence humaine en Amérique du Nord.

Le mammouth est une espèce éteinte aujourd'hui.

Les Premières nations

Outils en ivoire, taillés dans des défenses de morses

Au fil du temps, plusieurs groupes autochtones ont occupé le Yukon. Ils vivaient en petites bandes et se déplaçaient au gré des saisons. En été, ils campaient au bord des lacs où ils pêchaient avec des filets, des hameçons taillés dans des os d'animaux et des harpons. Pour se déplacer sur de courtes distances, ils utilisaient des radeaux. Pour les longues distances, ils se servaient de canots fabriqués avec du cèdre et de l'écorce de bouleau.

À l'automne, les groupes les plus nombreux chassaient le caribou, l'orignal et le mouflon. Les surplus de viande étaient séchés et gardés pour l'hiver. En hiver, des groupes plus petits vivaient près des lacs où ils pêchaient dans des trous percés dans la glace. Ils chassaient aussi de petits animaux comme le castor, le lièvre et le rat musqué. Si la nourriture venait à manquer, ils allaient s'installer ailleurs. Les bandes s'échangeaient entre elles les choses dont elles avaient besoin.

Le perçoir à archet servait à sculpter, à percer des trous et à allumer des feux.

13

Les principaux groupes autochtones du Yukon, les Gwich'in, les Hans, les Tutchonés, les Tananas, les Kaskas et les Tagishs, parlaient différentes langues de la grande famille des langues na-déné. Au XIXe siècle, les Tlingits ont quitté la côte du Pacifique et se sont installés dans le sud du Yukon. L'extrême nord du Yukon était habité par les chasseurs inuvialuits.

Mocassins des Gwich'in

Le commerce des fourrures

Au XIXe siècle, la plus grande partie du Canada était sous l'emprise de compagnies qui faisaient le commerce des fourrures. Dans les années 1840, la Compagnie de la Baie d'Hudson a envoyé Robert Campbell en voyage d'exploration au Yukon. Durant son séjour de huit ans, Campbell a érigé deux forts pour la Compagnie : Fort Frances au sud-est et Fort Selkirk sur le fleuve Yukon.

Trappeurs naviguant sur le fleuve Yukon avec un chargement de bois d'orignaux

Les explorateurs de l'Arctique du XIXᵉ siècle cherchaient le passage du Nord-Ouest. **En 1825, sir John Franklin a dressé la carte de la côte arctique du Yukon.**

Fort Selkirk a été pillé et incendié par les Tlingits, qui voyaient les gens de la Compagnie de la Baie d'Hudson comme une menace au commerce qu'ils avaient établi entre les trappeurs autochtones et les commerçants russes de l'Alaska. Plusieurs autres postes de traite ont été établis, mais les autochtones ont tout fait pour éloigner les commerçants européens de leur territoire.

Changement de domination

En 1867, les États-Unis ont acheté l'Alaska à la Russie. Craignant qu'ils ne s'emparent aussi de la région du Yukon, le gouvernement britannique a repris la région des mains de la Compagnie de la Baie d'Hudson, puis l'a cédée au Canada, nouvellement constitué. En 1895, le district du Yukon a été créé en tant que partie composante des Territoires du Nord-Ouest.

Les baleiniers

Les Inuvialuits ont vécu de la chasse dans leur territoire de l'île de Herschel, dans la mer de Beaufort, pendant des milliers d'années. Chaque automne, au temps de leur migration annuelle, un grand nombre de baleines boréales passaient à proximité. Les Inuvialuits les chassaient pour leur viande et leur huile.

À la fin du XIXe siècle, des navires baleiniers américains chargés de provisions pour tout un hiver sont venus dans ce territoire richement pourvu. Bientôt, plus de 1 500 chasseurs de baleines se sont installés dans l'île de Herschel, formant ainsi la deuxième collectivité la plus importante du Yukon. La chasse excessive a entraîné la fin de l'ère de la chasse à la baleine en 1911. À cette époque, les maladies et l'alcool apportés par les Européens, avaient passablement décimé la population inuvialuite.

Baleine boréale

Des baleiniers américains et une Inuvialuite, peut-être une couturière, à bord d'un navire, près de l'île de Herschel

Les fanons de baleines, à cause de leur flexibilité, étaient utilisés dans la fabrication de corsets pour dames, entre autres choses. Dans certaines villes américaines, les réverbères fonctionnaient avec de l'huile de baleine.

La fièvre de l'or a attiré beaucoup de gens dans les années 1890.

La ruée vers l'or

Vers 1870, des prospecteurs venus des montagnes du nord de la Colombie-Britannique se sont mis à chercher de l'or dans les rivières et ruisseaux du district du Yukon. En 1896, de grosses pépites d'or ont été trouvées dans le ruisseau Rabbit. Des milliers d'hommes et de femmes sont alors venus du Canada, des États-Unis et d'Europe, dans l'espoir de faire fortune. Le gouvernement canadien a envoyé la Police montée du Nord-Ouest dans la région pour y maintenir l'ordre.

Le 13 juin 1898, le Yukon est devenu un territoire distinct. Dawson City, la ville-champignon qui était au cœur de la ruée vers l'or, est devenue sa capitale. Au bout de cinq ans, la ruée vers l'or du Klondike était terminée. Toutefois, le Yukon allait en rester marqué pour toujours.

Des villes et des routes avaient été construites.
En 1898, plus de 2 000 hommes armés de pics
et de pelles ont entrepris la construction d'un
chemin de fer reliant Skagways en Alaska à
Whitehorse au Yukon. Cette voie ferrée de
178 kilomètres de long a été terminée en
juillet 1900.

La débandade

N'ayant pas réussi à s'enrichir,
beaucoup de gens ont quitté
le Yukon. Puis la **Première
Guerre mondiale** a éclaté,
ce qui a fait diminuer encore
plus la population. En effet,
plus de 2 300 hommes,
soit plus du quart de la
population du Yukon, se
sont enrôlés et sont partis
se battre en Europe. En
1901, la population du
Yukon était d'environ
27 000 habitants. En
1921, elle n'était plus
que de 4 000!

Sam Steele, de la Police montée,
est reconnu pour avoir su
maintenir l'ordre au Yukon
durant la ruée vers l'or.

19

La catastrophe du *Princess Sophia*

En 1918, le navire à vapeur *Princess Sophia* a sombré au large de la côte sud-ouest de l'Alaska. Il transportait du courrier, de l'or et des centaines de travailleurs quittant le Yukon et l'Alaska pour l'hiver. Des bateaux de sauvetage ont tenté de rescaper les passagers, mais n'ont pas pu s'en approcher à cause des vents violents. Les 343 passagers et membres de l'équipage se sont noyés. Parmi les victimes, 125 avaient habité à Dawson City. Presque tous les gens qui étaient restés à Dawson City cet hiver-là avaient au moins un parent ou un ami à bord du *Princess Sophia*.

Le *Princess Sophia*

À l'origine, la route de l'Alaska était très sinueuse. Une bonne partie avait été construite sur du pergélisol. Quand la couche supérieure du sol a dégelé, des sections de la route se sont enfoncées.

La route de l'Alaska

Le Yukon a connu une nouvelle période de développement pendant la **Deuxième Guerre mondiale**. Les États-Unis étaient en conflit avec le Japon et craignaient une attaque en Alaska. Ils voulaient donc y transporter du matériel militaire. Ils ont demandé au gouvernement canadien la permission de construire une route qui traverserait le Canada et rejoindrait l'Alaska. Le gouvernement canadien a accepté et, en 1942, la construction a commencé. Il aura fallu plus de huit mois de dur travail à environ 11 000 soldats américains et 16 000 civils américains et canadiens pour construire 2 400 kilomètres de route, traversant la Colombie-Britannique et le Yukon jusqu'à la frontière de l'Alaska.

Photo de Whitehorse, prise entre 1900 et 1903 et montrant des bateaux à vapeur amarrés le long du fleuve Yukon

Changement de capitale

Le pipeline Canol, construit pour permettre le transport du pétrole des champs de pétrole des Territoires du Nord-Ouest jusqu'à une raffinerie de Whitehorse, a lui aussi amené des travailleurs au Yukon. En 1953, la population du Yukon avait plus que doublé. Whitehorse, qui était reliée à l'Alaska par un chemin de fer et une route, est devenue la nouvelle capitale.

Les revendications territoriales

La population du Yukon est composée à environ 20 % d'autochtones. Durant la ruée vers l'or et durant la construction de la route de l'Alaska, plusieurs d'entre eux ont perdu leur territoire et leur mode de vie traditionnels. Contrairement à ailleurs au Canada, il n'y avait eu aucun traité entre le gouvernement et les autochtones concernant les droits de propriété et d'utilisation du territoire. En 1973, les autochtones ont déposé une liste de **doléances** auprès du gouvernement fédéral. Après plusieurs années de négociation, les deux parties sont parvenues à une entente : 8,5 % du territoire a été rendu aux autochtones.

Enfants yukonnais d'aujourd'hui

23

Chapitre 3

Faire fortune au Yukon

Imagine ce que tu ressentirais si tu découvrais une pépite d'or et qu'il y en avait encore tout plein à portée de ta main! En août 1896, c'est exactement ce qui est arrivé au Californien George Carmack, à son épouse tagish Kate et aux frères de celle-ci, Skookum Jim et Dawson Charlie, au ruisseau Rabbit. Ce ruisseau se jetait dans une rivière que les gens de l'endroit appelaient la *Throndiuk*. Le lendemain, ces premiers chercheurs d'or ont obtenu une concession auprès des autorités de Forty-Mile. La nouvelle s'est vite répandue, et les anglophones, prononçant mal le nom de la rivière, l'ont transformé en Klondike. C'est ainsi qu'a commencé la ruée vers l'or du Klondike.

Un long et périlleux voyage

La route vers l'or était dangereuse, et beaucoup ont rebroussé chemin ou perdu la vie pendant le voyage. Pour passer le col de Chilkoot, il fallait gravir à pied environ 1 500 marches taillées dans une épaisse couche de neige recouvrant une pente abrupte. La Police montée du Nord–Ouest a établi des postes de péage au sommet du col. Les agents s'assuraient que les taxes étaient payées sur les marchandises apportées au Yukon et que tous les chercheurs d'or avaient avec eux le matériel et les provisions nécessaires pour une année entière. Chaque nouvel arrivant devait faire 30 allers et retours pour transporter le tout, à dos d'homme ou d'animal, ou à l'aide d'un traîneau.

La Police montée exigeait que chaque prospecteur apporte 1 000 kilos de marchandises jusqu'à Dawson City, dont des bottes, des lampes, des outils tels des pics et des pelles, ainsi que de la nourriture, comme des haricots secs, du thé et du sucre.

Parvenus au sommet, les prospecteurs se dirigeaient ensuite vers la rive du lac Lindeman. De là, ils devaient parcourir 800 kilomètres par voie d'eau avant d'arriver à Dawson City, la ville la plus proche des gisements d'or. Pour traverser le lac et remonter le fleuve Yukon, ils devaient fabriquer des embarcations rudimentaires, radeaux ou barques, qui soient assez solides pour transporter passagers et marchandises et leur faire passer sans ennuis les rapides du fleuve. Pour fabriquer leurs embarcations, les nombreux prospecteurs ont coupé des arbres tout autour du lac Lindeman.

Des chercheurs d'or à la queue leu leu, peinant dans le sentier du col de Chilkoot. Ceux qui glissaient et tombaient, ou qui s'arrêtaient pour se reposer, perdaient leur place dans la file.

Dans le lit des cours d'eau près de la rivière Klondike, les prospecteurs cherchaient l'or au moyen d'un récipient peu profond, appelé batée, qui leur permettait de séparer les parcelles d'or de la boue et du gravier.

Aujourd'hui, les touristes peuvent parcourir le sentier de Chilkoot, où on peut encore apercevoir des biens, comme des casseroles rouillées, des poêles ou des bottes (ci-contre), abandonnés par les prospecteurs en cours de route.

Les prospecteurs fréquentaient les saloons et les maisons de jeux de Dawson City. La ville était surnommée le Paris du Nord.

Dawson City

Ceux qui ont survécu au voyage sont arrivés à Dawson City qui, en 1898, était une ville animée de plus de 30 000 habitants. Plusieurs ont été très déçus d'apprendre que la plupart des sites de prospection avaient déjà été concédés. Certains sont alors rentrés chez eux, tandis que d'autres sont restés et ont fait fortune en fournissant des marchandises et des services aux mineurs.

Dawson City est devenue la plus grande ville au nord de San Francisco et à l'ouest de Winnipeg. Cinq cents édifices bordaient la rivière Klondike, dont des théâtres, des restaurants, une banque, des églises et des magasins de marchandises diverses. Dans la rue, des marchants ambulants vendaient du champagne français, des parasols, de la porcelaine et de fines denrées importées d'Europe.

Danseuses de French Cancan levant la jambe dans un saloon reconstitué de Dawson City

Récits du Klondike

La folle ruée vers le Yukon, en quête d'or, en a inspiré plusieurs à écrire ce qui se passait dans le Nord. Laura Beatrice Berton a écrit son autobiographie, intitulée *I Married the Klondike (J'ai marié le Klondike)*. Elle a transmis à son fils, Pierre Berton, son goût pour les récits décrivant la vie au temps de la ruée vers l'or. Celui-ci a grandi à Dawson City et a écrit plusieurs livres sur le sujet. L'un d'eux, intitulé *Klondike*, relate le périlleux voyage jusqu'à Dawson City et la vie fascinante qu'on y menait.

Robert Service était commis de banque et poète à Dawson City, où il a vécu de 1909 à 1912. Il est connu plus particulièrement pour ses poèmes historiques intitulés *The Cremation of Sam McGee* et *The Shooting of Dan McGrew*.

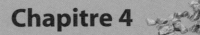

Chapitre 4
Mines, fourrures et tourisme

De nos jours, le gouvernement est le plus gros employeur du Yukon. Environ le tiers des habitants travaillent dans les services sociaux et les domaines de la santé et de l'éducation.

Mines et explorations

Bien que connu principalement pour ses gisements d'or, le Yukon dispose aussi de très importantes réserves de **tungstène**, zinc, argent, charbon, cuivre et plomb. On y trouve des gisements de minerais de fer et de zinc parmi les plus importants au monde. Plusieurs collectivités du territoire se sont constituées autour de ces mines.

Aujourd'hui, on utilise des machines pour chercher l'or dans les cours d'eau.

La reconstitution de la ruée vers l'or est une attraction touristique importante. Ci-dessus, des candidats venus de partout dans le monde participent à un concours de recherche d'or à la batée.

Retour à la grande nature

Le tourisme est la plus importante industrie du Yukon. Chaque année, plus de 300 000 personnes viennent de partout dans le monde pour visiter le Yukon. Environ 70 % des Yukonnais ont un travail connexe à l'industrie touristique, dont les transports, les services alimentaires, le commerce de détail et les loisirs. Les touristes viennent au Yukon pour visiter, entre autres, les parcs nationaux Kluane et Vuntut. Ils pagaient sur les lacs et les rivières en canot ou en kayak, font de la randonnée, de l'escalade ou même du traîneau à chiens.

Malgré le froid, les gens aiment les activités de plein air, même en hiver.

Champ d'avoine au temps de la moisson, près de Whitehorse

L'agriculture

L'agriculture est une activité peu importante au Yukon, car la plus grande partie du territoire est impropre à la culture. Dans les fermes du sud-ouest, on cultive de l'avoine et des légumes. Quelques fermes font l'élevage des vaches, des moutons, des poulets et des cochons.

La pêche

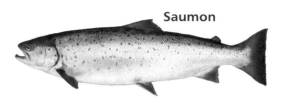

Saumon

La pêche est une importante source de revenus pour bien des familles, et la pêche commerciale se pratique sur tout le territoire. Les poissons d'eau douce, comme le saumon et la truite arc-en-ciel, sont attrapés au moyen de filets à mailles tendus en travers des cours d'eau, dans lesquels les poissons restent coincés par leurs ouïes. Une grande partie de ces poissons d'eau douce sont séchés et fumés, puis vendus localement. Il y a aussi des pêcheries commerciales, qui vendent à d'autres pays de la truite, du corégone et du saumon.

Piège à saumons traditionnel, au village de Klukshu, près du parc national du Canada Kluane, dans le sud-ouest

Les fourrures

Le commerce des fourrures est l'industrie la plus ancienne du Yukon. Aujourd'hui, les trappeurs vendent des peaux de renard, de rat musqué, de castor et de carcajou. Habituellement, la vente des peaux de martre et de lynx leur rapporte le plus. Toutefois, le prix des peaux varie toujours avec la demande. Or, ces dernières années, la demande en fourrures a régressé dans le monde entier, ce qui a entraîné une baisse de revenus pour les trappeurs yukonnais.

Peaux de renards à vendre

La martre est une espèce voisine de la belette. Elle est facile à capturer, car elle est curieuse de nature.

La chasse à la baleine

De nos jours, les Inuvialuits chassent encore la baleine. Toutefois, leur activité est réglementée par Pêches et Océans Canada. La viande de baleine est vendue dans des magasins et des supermarchés situés principalement dans des collectivités nordiques où elle fait partie du régime alimentaire traditionnel. Les **écologistes** sont préoccupés par cette chasse aux baleines, qui menace l'espèce d'extinction.

Chasseurs de baleine en train de débiter une baleine boréale

Chapitre 5
La vie au Yukon

À peine un peu plus de 33 000 personnes vivent au Yukon. Environ les trois quarts habitent à Whitehorse, capitale et plus grande ville du Yukon. Les deux autres villes importantes sont Dawson City et Watson Lake. Dans plusieurs collectivités, la population augmente ou diminue en fonction des périodes d'essor ou de récession économique. Des villes minières comme Elsa ou Keno, importantes il y a quelque temps, ne sont plus aujourd'hui que de petits villages historiques.

Vue aérienne de Whitehorse, la capitale du Yukon

Rue principale de Whitehorse

Les transports

Bien que la plupart des collectivités du Yukon soient reliées par le réseau routier, la motoneige demeure un moyen de transport très populaire en hiver. Le traîneau à chiens et les raquettes sont des moyens traditionnels de se déplacer sur la neige.

Le *Yukon Quest*

Le *Yukon Quest* est une course de traîneaux à chiens de 1 600 kilomètres, qui a lieu chaque année en février. Le départ se fait en alternance à Whitehorse, au Yukon, et à Fairbanks, en Alaska. Des attelages pouvant compter jusqu'à 14 chiens commandés par un seul conducteur se lancent à l'assaut d'un itinéraire qui les fait passer dans quatre collectivités nordiques, et traverser des rivières gelées et quatre chaînes de montagnes. La plupart des équipages mettent de 10 à 14 jours pour parcourir ce trajet.

L'artiste Ted Harrison a peint des paysages yukonnais en couleurs vives. Il a habité de nombreuses années au Yukon, où il enseignait les arts plastiques.

Old Crow

Old Crow est la collectivité la plus nordique du Yukon. Elle est située à 130 kilomètres au nord du cercle polaire. Aucune route ne s'y rend. Old Crow est accessible seulement par avion ou par bateau.

Cette petite ville compte près de 300 habitants, dont la plupart appartiennent au groupe Vuntut des Gwich'in. Il est important pour ces résidents de perpétuer les coutumes gwich'in. Ils vivent dans des maisons de rondins, pratiquent la pêche, le piégeage des animaux à fourrure et la chasse au grand gibier, en particulier la harde de caribous de la rivière Porcupine, ce qui leur fournit de quoi manger, s'abriter, se soigner et s'habiller. À Old Crow, chaque famille possède son propre territoire de trappe, qui s'est transmis depuis des générations.

De nos jours, quelques habitants choisissent encore de vivre à la manière traditionnelle, comme le montre ce campement de chasse.

La viande et le reste

La viande est le principal aliment de la cuisine traditionnelle du Yukon. Comme la période de végétation est très courte, peu de fruits et de légumes peuvent y pousser. Il faut donc faire venir ces denrées du sud, ce qui les rend extrêmement chères.

L'orignal et le caribou sont les deux viandes les plus appréciées. Anciennement, toutes les parties de l'animal abattu étaient utilisées d'une façon ou d'une autre. On préparait même des plats avec les abats, comme le cœur de caribou farci. D'autres viandes de gibier sont aussi consommées, comme celles de la chèvre de montagne, du bœuf musqué, du lièvre et du porc-épic.

Plusieurs espèces de petits fruits poussent au Yukon. Parmi les plus appréciés, on compte les camarines, les canneberges, les framboises et les bleuets. On mange aussi du saumon, de la truite et de l'omble de l'Arctique, qu'on pêche dans les nombreux lacs et rivières.

Canneberges et bleuets

À l'époque de la ruée vers l'or, les mineurs du Klondike apportaient avec eux de la pâte à pain au levain. Ils devaient dormir couchés sur leur pâte, sinon elle aurait gelé et n'aurait plus été bonne à faire du pain. Ce type de pâte à pain s'appelle « sourdough » en anglais et, aujourd'hui, au Yukon, quand on parle des anciens, on les appelle souvent les « sourdoughs ».

Des mâts totémiques sculptés par les Tlingits se dressent à l'entrée d'un centre patrimonial à Teslin.

41

Chapitre 6
De quoi être fiers

▶ Il y a environ 2 000 ans, le mont Churchill a fait éruption deux fois. Ses cendres ont recouvert 340 000 kilomètres carrés de ce qui est aujourd'hui le Yukon et les Territoires du Nord-Ouest. Sous la route de l'Alaska, on a mesuré des couches de cendres volcaniques allant jusqu'à 60 centimètres.

▶ La ville de Watson Lake est le site d'une célèbre forêt de panneaux. Le premier poteau a été érigé en 1942 par un soldat américain qui travaillait à la construction de la route de l'Alaska. L'affiche pointait vers sa ville natale de Danville, dans l'Illinois, et en donnait la distance. Très vite, d'autres panneaux se sont ajoutés. Aujourd'hui, on compte plus de 64 000 panneaux pointant vers divers endroits dans le monde.

▶ La route Dempster fait 671 kilomètres et relie le Yukon aux Territoires du Nord-Ouest. Elle a été nommée en l'honneur de l'agent William John Dempster, de la Police montée du Nord-Ouest, qui la patrouillait autrefois en traîneau à chiens. C'est la seule voie publique canadienne qui se rend au-delà du cercle polaire. En hiver, la route se prolonge encore de 194 kilomètres, dans le **delta** gelé du fleuve Mackenzie.

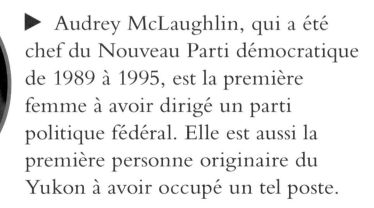

▶ Audrey McLaughlin, qui a été chef du Nouveau Parti démocratique de 1989 à 1995, est la première femme à avoir dirigé un parti politique fédéral. Elle est aussi la première personne originaire du Yukon à avoir occupé un tel poste.

▶ Elijah Smith était chef de la bande amérindienne de Whitehorse. En 1973, il a présenté au gouvernement fédéral un document qui a déclenché le mouvement de **revendications territoriales** des autochtones.

Glossaire

compacté : Qui est devenu plus dense sous l'effet de la pression.

delta : Dépôts de terre et de sable formant une vaste région en forme de triangle à l'embouchure d'un grand fleuve.

Deuxième Guerre mondiale : Conflit international (1939-1945) qui s'est étendu en Europe, en Afrique du Nord, en Asie du Sud-Est et dans le Pacifique occidental, et au cours duquel on estime que 55 millions de personnes ont perdu la vie.

doléances : Plaintes dénonçant le non-respect d'un accord ou d'une politique.

écologiste : Personne qui travaille pour la protection de la faune, de la flore et des autres ressources naturelles.

érosion glaciaire : Usure et transport des rocs et des sols par un glacier, une masse de neige et de glace compactées se déplaçant très lentement.

limite forestière : Limite au nord de laquelle les arbres ne poussent plus.

passage du Nord-Ouest : Voie navigable traversant l'Arctique canadien, de l'Atlantique au Pacifique.

Première Guerre mondiale : Conflit international (1914-1918) qui a eu lieu surtout en Europe, et au cours duquel on estime que dix millions de personnes ont perdu la vie.

revendications territoriales : Action de s'adresser à une autorité pour faire reconnaître un droit de propriété sur un territoire.

toundra : Plaine arctique sans arbres.

tungstène : Métal de couleur gris argenté, utilisé dans les composantes électroniques.